Daphnis and Chloē

Emma Vanderpool

DAPHNIS ET CHLOË

CONTENTS

PREFACE

Many thanks to the challenge posed by my dear friend Lindsey Hullinger to write a pastoral romance for her students. Of course, I quickly found source material to work with in the form of the Greek novella, Dpahnis and Chloe, by Longinus. In it I found an exciting love store complete even with pirates! After reading the novella, I boiled down the novella to a basic, student-appropriate form. Many thanks to Sasha Vining, Forrester Hammer, and Anna Reiff for taking a look and offering valuable edits. The illustrations were done by my fabulously talented sister, Audrey Vanderpool, who took my initial stick figure drawings and made them a sight to behold.

DAPHNIS ET CHLOË

CAPITULUM PRĪMUM

CAPROS

ecce! est pāstor. nōmen pāstōrī est Lamon.

Lamon laetus est quia multōs caprōs habet. pāstor
cum caprīs ambulat.

subitō! est capra!

MATER CAPRA

nōn est capra
Lamōnis. quis est
capra? capra est
māter.

MATER CAPRA

INFANS

VESTIMENTA

PUGIONEM

capra īnfantem habet et *cūrat*.[1] īnfans nōn est
caper. est . . . hūmānus! īnfans vestīmenta
purpurea *gerit*.[2] pugiōnem pulchrum habet. puer
magnī mōmentī[3] est.

---

[1] *cūrat*: cares for
[2] *gerit*: wears
[3] *magnī mōmentī*: of great importance

DAPHNIS ET CHLOË

CASA

Lamon laetus est! pāstor puerum ad casam portat.
māter capra cum Lamone ambulat.

in casā est uxor. nōmen est Myrtale.

"ecce! est īnfans!" Lamon inquit. "capra est
māter; capra īnfantem *cūrat*.

"vestīmenta purpurea *gerit*.[4] pugiōnem pulchrum habet. est puer *magnī mōmentī*."[5]

Myrtale laeta est quia puerum habēre vult. uxor īnfantem amat et nōmen īnfantī dat.

"nōmen tibi," Myrtale inquit, "est Daphnis."

Lamon pater laetus est.

---

[4] *gerit*: wears
[5] *magnī mōmentī*: of great importance

4

CAPITULUM SECUNDUM

ecce! est pāstor. nōmen pāstōrī est Dryas. Dryas
nōn caprōs habet. ovēs habet.

Dryas cum ovibus ambulat. ad spēluncam
ambulat. est spēlunca nymphārum.

in spēluncā est fōns. in
spēluncā sunt multae
statuae. sunt statuae
nymphārum. nymphae
sunt pulchrae fēminae.

ecce! in spēluncā est ovis!

ovis māter est. īnfantem habet. īnfans nōn est
ovis. . . est hūmāna. puella vestīmenta pulchra
gerit.[6] pulchrōs calceōs gerit. est puella *magnī*
mōmentī.[7]

---

[6] *gerit*: wears
[7] *magnī mōmentī*: of great importance

Dryas laetus est et īnfantem ad casam portat.

CASA

in casā est uxor. nōmen uxōrī est Napē. Napē īnfantem videt et laetissima est. Napē *valdē*[8] vult esse māter.

"nōmen tibi," Napē inquit, "Chloē est!"

Dryas laetus est quia vult esse pater.

---

[8] *valdē*: really

CAPITULUM TERTIUM

Lamon et Dryas sunt pāstōrēs. Lamon caprōs cūrat et Dryas ovēs cūrat. laetī amīcī sunt.

SOMNIUM

DORMIT

in casīs dormiunt. *somnium*[9] habent.

SPELUNCA

EROS

in somniō est spēlunca nymphārum. in spēluncā est puer. puer alās habet. arcum et sagittās habet. est deus! est Erōs, deus *amōris*.[10]

in spēluncā sunt Daphnis et Chloē.

---

[9] *somnium*: dream
[10] *amōris*: of love

"tū es pāstor," Eros Daphnī inquit. "tū *cūrās*[11]
caprōs."

"tū es pāstor," deus Chloae inquit. "tū *cūrās* ovēs."

māne,[12] Lamon ad casam Dryae ambulat. "ego
somnium habeō," Lamon inquam. "in somniō,
est puer."

"puer alās habet!" Dryas inquit. "est deus!

---

[11] *cūrās*: you care for
[12] *māne*: in the morning

"est Eros, deus *amōris*![13]"

"ego," Lamon inquit, "volō Daphnin esse *magnī mōmentī*.[14]"

"ego," Dryas inquit, "volō Chloēn esse magnī mōmentī. . . . eheu!

"deus inquit, 'Daphnis et Chloē *pāstōrēs*[15] erunt!'

"pāstōrēs magnī mōmentī nōn sunt . . . ."

"pāstōrēs, *quī*[16] caprōs habent," Lamon

---

[13] *amōris*: of love
[14] *magnī mōmentī*: of great importance
[15] *pāstōrēs*: shepherds
[16] *quī*: who

respondet, "nōn sunt virī magnī mōmentī. multa nōn habent . . . sed odōrem magnum!"

ODOREM
HABET

CAPITULUM QUĀRTUM

Daphnis et Chloē nōn sunt infāntēs. puella et puer sunt pāstōrēs! laetī amīcī sunt.

Daphnis caprōs habet. Chloē ovēs habet.

DAPHNIS ET CHLOĒ

Daphnis caprōs *cūrat*[17] et ovēs Chloēs cūrat.

Chloē ovēs cūrat et caprōs Daphnēs cūrat.

Daphnis et Chloē amīcī sunt et animalia *cūrant*.[18]

laetī sunt.

sed lupus magnus
est! lupus ovēs capit
-- et cōnsūmit! eheu!

LUPUS

puer et puella lupum timent. *nōlunt*[19] lupum
cōnsūmere ovēs et caprōs. Daphnis et Chloē
fossās faciunt quia

lupum capere volunt.

FOSSA

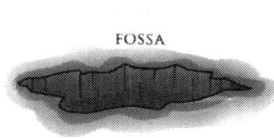

---

[17] *cūrat*: cares for

[18] *cūrant*: care for

[19] *nōlunt* = *nōn volunt*

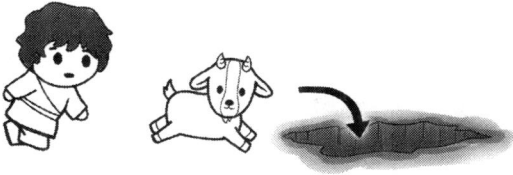

Daphnis! stultus Daphnis! Daphnis post caprum currit et currit et -- in fossam *cadit*![20] Daphnis et caper in fossam cadunt. et lupus . . . lupus in fossam NŌN cadit. eheu!

Chloē est puella pulchra ET intellegēns. Chloē pāstōrem videt.

---

[20] *cadit*: falls

"*adiuvā!*"[21] Chloē inquit. "adiuvā! adiuvā! meus amīcus in fossā est!" pāstor ad Chloēn currit. nōmen pāstōrī est Dorco.

Chloē et Dorco puerum et caprum *servant.*[22] amīcī laetī sunt et . . . amīcī nōn vident Dorcōnem puellam *spectantem.*[23]

---

[21] *adiuvā!* : help!

[22] *servant:* saves

[23] *spectantem:* watching

CAPITULUM QUĪNTUM

SPELUNCA

FONS

Daphnis et Chloē ad
spēluncam ambulant
quia Daphnis
lutulentulus[24] est. in
spēluncā est fōns.
Daphnis *sē lavāre*[25] vult.

in fōnte Daphnis sē *lavat.*[26] Chloē amīcum spectat
et . . . puerum amat. stultum amīcum amat!

---

[24] *lutulentulus*: dirty
[25] sē *lavāre*: to bath, take a bath
[26] *sēlavat*: bathes

Chloe pulchrum puerum videt et amat.

Chloē et Daphnis ad
casās ambulant.
Chloē puerum
spectat et puerum
amat.

TIBIA

Daphnis tībiam habet. sub arbōre,
tībiā cantat. mūsica pulchra est! nunc
Chloē puerum *valdē*[27] amat!

in casā, Chloē cibum nōn cōnsūmit. nōn dormit.

_____

[27] *valdē*: really

ovēs nōn cūrat. patrem et mātrem nōn audit. dē
puerō putat et putat. dē mūsica putat et putat.
Chloē puerum *valdissimē*[28] amat.

sīcut in somniō,[29] Chloē et Daphnis ad spēluncam
ambulant. sīcut in somniō, Chloē puerum amat!

sed . . . Daphnis Chloēn nōn amat.

---

[28] *valdissimē*: super, really-really
[29] *sīcut in somniō*: as in the dream

CAPITULUM SEXTUM

ecce! est pāstor. est Dorco.

Dorco Chloēn amat! sed . . . Chloē Daphnin
amat. Dorco trīstis est sed *cōnsilium*[30] habet.

DONUM

---

[30] *cōnsilium*: plan

DAPHNIS ET CHLOĒ

Dorco vult esse "amīcus." dōna Chloae et
Daphnī dat. Chloē et Daphnis laetī sunt quia
dōna habent.

nunc Dorco vult esse *amāsius*.[31] dōna nōn Daphnī
dat. dōna Chloae dat.

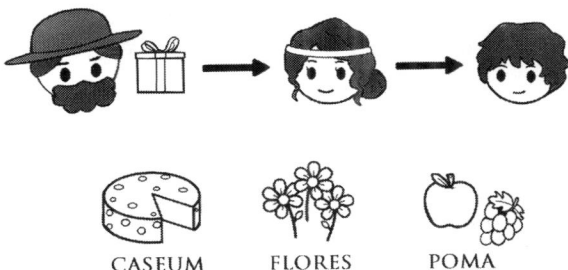

CASEUM   FLORES   POMA

Dorco caseum dat. et . . .Chloē Daphnī caseum
dat. Dorco flōrēs dat et . . . Chloē Daphnī flōrēs
dat. Dorco pōma dat et . . . Chloē Daphnī pōma
dat. Dorco multa dōna dat sed Chloē Dorcōnem
nōn amat. . . .

---

[31] *amāsius*: boyfriend

VACCA

Dorco nōn trīstis est. īratus est! cūr Chloē eum nōn amat?!

"quis est puer *pulcherrimus*?[32]" Dorco rogat. "ego sum pāstor. barbam habeō. nōn sum puer. ego sum VIR! Daphnis est puer.

"vaccās habeō. multa habeō. Daphnis . . . Daphnis caprōs habet! caprī odōrem habent. et Daphnis odōrem habet!"

---

[32] *pulcherrimus*: the most handsome

"deus Pan caprōs habet!"

Daphnis respondet, "et Pan

odōrem nōn habet.

multum nōn habeō sed

laetus sum. pulcher sum. tū, Chloē, *pulcherrima*[33]

puella es."

Chloē Daphnin audit et laetissima est.

"Daphnis pāstor pulcherrimus est!" Chloē inquit.

Chloē Daphnin *bāsiat*. [34]

BASIANT

---

[33] *pulcherrima*: the most beautiful
[34] *bāsiat*: kisses

dēmum,[35] Daphnis amīcam videt et . . . puellam pulchram amat.

laetī amīcī Dorcōnem NŌN vident . . . .

---

[35] *dēmum*: finally

CAPITULUM SEPTIMUM

Dorco nōn est īratus. īratissimus est quia Chloē
Daphnin amat.

Chloē eum nōn amat. patrēs eum amant quia
multa habet. Dorco ad casam Dryae ambulat.

"ego Chloēn amō," Dorco inquit. "ego
volō Chloēn esse meam uxōrem! multās vaccās
habeō. multa habeō et tibi multa dōna *dābō*."[36]

Dorco multa habet sed Dorco patrī Chloēs nōn
placet . . . . Dryas Chloēn virō nōn dat.

Dorco īratissi-issimus! Dorco *cōnsilium*[37] habet.
puellam capere vult.

---

[36] *dābō*: I will give
[37] *cōnsilium*: plan

Dorco videt puerum et puellam *basiāre*.[38] īratus est. pāstor ad Chloēn currit quia puellam capere vult . . . . sed canēs Chloēs ad eum currunt!

CANES

puella canēs cūrat et nunc canēs puellam cūrant. canēs īratae sunt quia Dorco vir malus est. canēs puellam servant et Dorco puellam capere nōn potest.

puella et puer . . . putant pāstōrem amīcum esse. Dorco amīcus NŌN est.

---

[38] *basiāre*: kiss

CAPITULUM OCTĀVUM

quōdam diē,[39] Dorco cum vaccīs ambulat.

subitō est nāvis. in nāve sunt pīratae!

---

[39] *quōdam diē*: one day

pīratae animalia capere volunt!
pīratae Dorcōnem *vulnerant*[40] et
vaccās capiunt! nunc pīratae
vaccās in nāve habent.

PIRATA

Daphnis cum caprīs ambulat. pīratae puerum
pulchrum vident. pīratae caprōs nōn capiunt.
caprī odōrem habent! Daphnin capiunt quia
pulcher puer est. putant Daphnin puerum *magnī*
mōmentī[41] esse.

---

[40] *vulnerant*: wound
[41] *magnī mōmentī*: of great importance

Chloē timet quia pīratae puerum capiunt. ad Dorcōnem currit quia vult Dorconem puerum *servāre*.[42]

sed Dorco *vulnerātus*[43] est. Chloē Dorcōnem videt et timet. potestne pāstor puerum servāre?

"dō meam tībiam," Dorco inquit. "capē meam tībiam. ubi vaccae tībiam audiunt, ad mē ambulant. fac mūsicam! tē amō, mea pulchra puella.

"servā tuum *amāsium*.[44]"

---

[42] *servāre*: to save
[43] *vulnerātus*: wounded
[44] *amāsium*: boyfriend

DAPHNIS ET CHLOĒ

Chloē tībiam capit et tībiā
cantat. mūsica pulchra est.
vaccae mūsicam audiunt et . .
. ā nāve currunt!

vaccae currunt et pīratae ā nāve cadunt.

in ūnā vaccā est Daphnis! vaccae et Daphnis ad
Chloēn *natant*.[45]

quamquam[46] Chloē Dorcōnem nōn amat, Dorco
Chloēn amat. Dorco puerum pulchrum servat.

---

[45] *natant*: swim
[46] *quamquam*: although

CAPITULUM NŌNUM

Chloë Daphnin amat sed . . . multī virī volunt habēre Chloën uxōrem. Chloë pulchra et intellegēns est. tībiā cantat. pater multās ovēs habet.

Chloë multa habet sed . . . Daphnis multa nōn habet. Daphnis caprōs habet.

DAPHNIS ET CHLOĒ

Daphnis *valdē*[47] timet. Chloē eum amat et
Daphnis eam amat. Daphnis Chloēn uxōrem
habēre vult. sed . . . sed multa nōn habet. caprōs
habet et caprī odōrem habent. caprōs habet et
odōrem caprōrum habet.

pater, Dryas, vult
Chloēn habēre multa.
eheu! Daphnis multa
nōn habet! sunt multī
virī, *quī*[48] multum
habent et volunt habēre
Chloēn uxōrem.

trīstis Daphnis *cōnsilium*[49] habet.
ad spēluncam ambulat quia in
spēluncā, *prīmus amor*[50] est.

SPELUNCA

EROS

[47] *valdē*: really
[48] *quī*: who
[49] *cōnsilium*: plan
[50] *prīmum*: first

in spēluncā, nōn est deus Eros. pāstor nymphās
videt!

"ego puellam amō," Daphnis inquit, "sed dōna
nōn habeō. multa nōn habeō quia caprōs habeō."

nymphae Daphnin spectant.

SACCUM
ARGENTI

"nōs *spectāvimus*.[51]" ūna nympha inquit. "tū
puellam *valdē*[52] amās. puella, Chloē, tē valdē amat.

"dōnum tibi habēmus."

---

[51] *spectāvimus*: we have watched
[52] *valdē*: really

nymphae dōnum magnum dant. dōnum est saccus *argentī*.[53]

Daphnis laetissimus est. "grātiās maximās!" Daphnis respondet. saccum capit et ad casam currit.

vir, Lampis, in casā Chloēs est . . . Lampis patrī placet quia multa habet.

---

[53] *argentī*: of silver

CAPITULUM DECIMUM

quia nunc Daphnis multa habet, Dryas Chloēn
uxōrem pāstōrī dat. pater Chloēn nōn Lampī dat.
Chloē et Daphnis laetissimī sunt.

apud convīvium[54] magnum sunt Napē et Dryas,
māter et pater Chloēs. sunt Lamo et Myrtale,
māter et pater Daphnēs.

sunt Daphnis et Chloē, vir et uxor!

"ego tē amō," Daphnis inquit.

"et ego tē amō," Chloē laeta respondet.

puella et puer laetissimī sunt.

apud convīvium sunt virī *magnī mōmentī*,[55]
Dionysophanes et Megacles. Lamo et Dryas sunt
pāstōrēs *eōrum*.[56]

---

[54] *apud convīvium*: at the wedding banquet
[55] *magnī mōmentī*: of great importance
[56] *eōrum*: their

patrēs, Lamo et Dryas, laetī sunt quia puer et
puella laetī sunt. fābulās nārrant. fābulās dē
īnfantibus nārrant. fābulam dē vestīmentibus et
dē pugiōne nārrant. . . . et subitō . . . .

"*quam mīrābile!*[57]" Megacles inquit, "Chloē est
īnfans mea. nōmen puellae nōn est Chloē. nōmen
est Agele.

---

[57] *quam mīrābile*: how amazing!

"Chloē est puella *magnī mōmentī*[58] quia ego ego sum vir magnī mōmentī."

"Daphnis īnfans meus est" Dionysophanēs inquit. "nōmen puerō nōn est Daphnis sed Philopoemen. quia ego pater magnī mōmentī sum, Daphnis puer magnī mōmentī est.

"Daphnis saccum *argentī*[59] et caprōs habet . . . quia puer meus est, multa habet!"

patrēs, Dryas et Lamo, laetī sunt quia *scīvērunt*[60] puerum et puellam magnī mōmentī esse.

Daphnis et Chloē laetī sunt quia patrēs habent.

---

[58] *magnī mōmentī*: of great importance
[59] *argentī*: of silver
[60] *scīvērunt*: they knew

DAPHNIS ET CHLOĒ

laetissimī sunt quia uxor et vir sunt.

INDEX VERBŌRUM

ā, ab	from, away from
ad	to, toward
adiuvā	help!
alās	wings (obj.)
amant	they love
amās	you love
amāsium	boyfriend (obj.)
amāsius	boyfriend (subj.)
amat	he/she/it loves
ambulant	they walk
ambulat	he/she/it walks
amīcam	(girl) friend (obj.)
amīcī	friends (subj.)
amīcum	(boy) friend (obj.)
amīcus	(boy) friend (subj.)
amō	I love
amor	love (subj.)
amōris	of love
animalia	animals (subj./obj.)
apud	at the (house of)
arbōre	tree
arcum	bow (obj.)

argentī	of silver
audit	he/she/it hears
audiunt	they hear
barbam	beard (obj.)
bāsiantēs	kissing (subj./obj.)
bāsiat	he/she/it kisses
cadit	he/she/it falls
cadunt	they fall
caesum	cheese (obj.)
calceōs	shoes (obj.)
canēs	dogs (subj./obj.)
cantat	sings/plays
capē	take!
caper	goat (subj.)
capere	to take
capit	he/she/it takes
capiunt	they take
capra	goat (subj.)
caprī	goats (subj.)
cum caprīs	with goats
caprōrum	of goats
caprōs	goats (obj.)
caprum	goat (obj.)

casā	house
casam	house (obj.)
casās	houses (obj.)
in casīs	in the houses
cōnsilium	plan (obj.)
cōnsūmere	to eat
cōnsūmit	he/she/it eats
convīvium	banquet
cum	with goats
cūr	why
cūrant	they care for
cūrās	you care for
cūrat	he/she/it cares for
currit	he/she/it runs
currunt	they run
dābō	I will give
dant	they give
dat	he/she/it gives
dē	about
dēmum	finally
deus	god (subj.)
quōdam diē	one day
dō	I give

dōna	gifts (subj./obj.)
dōnum	gift (subj./obj.)
dormit	he/she/it sleeps
dormiunt	they sleep
eam	her (obj.)
ecce	look! Behold!
ego	I (subj.)
eheu	alas! Oh no!
eōrum	their
erunt	they will be
es	you are
esse	to be
est	he/she/it is
et	and
eum	him (obj.)
fābulam	story (obj.)
fābulās	stories (obj.)
fac	make!
faciunt	they make
fēminae	women, of a woman
flōrēs	flowers (subj./obj.)
fōns	fountain (subj.)
fōnte	fountain

fossā	ditch
fossam	ditch (obj.)
fossās	ditches (obj.)
gerit	he/she/it wears
grātiās	thanks!
habēmus	we have
habent	they have
habeō	I have
habēre	to have
habet	he/she/it has
hūmāna	human (subj.)
hūmānus	human (subj.)
in	in, into
īnfans	baby (subj.)
īnfantem	baby (obj.)
infāntēs	babies (subj./obj.)
infāntī	to/for the baby
īnfantibus	to/for the babies
inquam	I say
inquit	he/she/it says
intellegēns	intelligent
īratae	angry (subj.)
īratissimus	most angry (subj.)

DAPHNIS ET CHLOË

īratus	angry (subj.)
laeta	happy (subj.)
laetī	happy (subj.)
laetissima	most happy (subj.)
laetissimī	most happy (subj.)
laetissimus	most happy (subj.)
laetus	happy (subj.)
lavāre	to wash
lavat	he/she/it washes
lupum	wolf (obj.)
lupus	wolf (subj.)
lutulentulus	muddy (subj.)
magnī	big, great (subj.)
magnum	big, great (obj.)
magnus	big, great (subj.)
malus	bad (subj.)
māne	in the morning
māter	mother (subj.)
mātrem	mother (obj.)
maximās	greatest (obj.)
mē	me (obj.)
mea	my (subj.)
meam	my (obj.)

meus	my (subj.)
mīrābile	amazing!
mōmentī	of importance
multa	many, much (subj.)
multae	many, much (subj.)
multās	many, much (obj.)
multī	many, much (subj.)
multōs	many, much (obj.)
multum	many, much (obj.)
mūsica	music (subj.)
mūsicam	music (obj.)
nārrant	they tell
natant	they swim
nāve	ship
nāvis	ship (subj.)
nōlunt	they do not want
nōmen	name (subj./obj.)
nōn	not
nōs	we, us (subj./obj.)
nunc	now
nympha	nymph (subj.)
nymphae	nymphs (subj.)
nymphārum	of nymphs

nymphās	nymphs (obj.)
odōrem	odor (obj.)
ovēs	sheep (subj./obj.)
ovibus	(with) sheep
ovis	sheep (subj.)
pāstor	shepherd (subj.)
pāstōrem	shepherd (obj.)
pāstōrēs	shepherds (subj./obj.)
pāstōrī	to/for shepherd
pater	father (subj.)
patrem	father (obj.)
patrēs	fathers (subj.)
patrī	to/for father
pīratae	pirates (subj.)
placet	it is pleasing
pōma	fruit (obj.)
portat	he/she/it carries
post	after, behind
potest	he/she/it is able
potestne	is he/she/it able?
prīmum	first
prīmus	first (subj.)
puella	girl (subj.)

puellae	girls (subj.)
puellam	girl (obj.)
puer	boy (subj.)
puerō	to/for the boy
puerum	boy (obj.)
pugiōne	dagger
pugiōnem	dagger (obj.)
pulcher	beautiful (subj.)
pulcherrima	most beautiful (subj.)
pulcherrimus	most beautiful (subj.)
pulchra	beautiful (subj.)
pulchrae	beautiful (subj.)
pulchram	beautiful (obj.)
pulchrōs	beautiful (obj.)
pulchrum	beautiful (obj.)
purpurea	purple (obj.)
putant	they think
putat	he/she/it thinks
quam	how
quamquam	although
quī	who, which
quia	because
quis	who?

DAPHNIS ET CHLOË

quōdam	a certain
respondet	he/she/it responds
rogat	he/she/it asks
saccum	sack (obj.)
saccus	sack (subj.)
sagittās	arrows (obj.)
scīvērunt	they knew
sed	but
servā	save!
servant	they save
servāre	to save
servat	he/she/it saves
sīcut	like
somniō	dream
somnium	dream (subj./obj.)
spectant	they watch
spectantem	watching (obj.)
spectat	he/she/it watches
spectāvimus	we watched
spēlunca	cave (subj.)
spēluncā	cave
spēluncam	cave (obj.)
statuae	statues (subj.)

stultus	stupid (subj.)
sub	under
subitō	suddenly
sum	I am
sunt	they are
tē	you (obj.)
tibi	to/for you
tībiam	flute (obj.)
timent	they fear
timet	he/she/it fears
trīstis	sad (subj.)
tū	you (subj.)
tuum	your (ojb.)
ubi	when/where
ūna	one (subj.)
ūnā	one
uxor	wife (subj.)
uxōrem	wife (obj.)
uxōrī	to/for the wife
vaccā	cow
vaccae	cows (subj.)
vaccās	cows (obj.)
vaccīs	cows

valdē	very
valdissimē	very very
vestīmenta	clothing (subj./obj.)
vestīmentibus	clothing
vident	they see
videt	he/she/it sees
vir	man
virī	men
virō	to/for a man
volō	I want
volunt	they want
vulnerant	they wound
vulnerātus	wounded (subj.)
vult	he/she/it wants

ABOUT THE AUTHOR

Emma Vanderpool graduated with a Bachelor of Arts degree in Latin, Classics, and History from Monmouth College in Monmouth, Illinois and a Master of Arts in Teaching in Latin and Classical Humanities from the University of Massachusetts Amherst. She now happily teaches Latin in Massachusetts.